Queridos amigos roedores,
bienvenidos al mundo de

Geronimo Stilton

El Eco del Roedor
Redacción

GERONIMO STILTON
RATÓN INTELECTUAL,
DIRECTOR DE *EL ECO DEL ROEDOR*

TEA STILTON
AVENTURERA Y DECIDIDA,
ENVIADA ESPECIAL DE *EL ECO DEL ROED*

TRAMPITA STILTON
PILLÍN Y BURLÓN,
PRIMO DE GERONIMO

BENJAMÍN STILTON
SIMPÁTICO Y AFECTUOSO,
SOBRINO DE GERONIMO

Geronimo Stilton

EL CASTILLO DE ZAMPACHICHA MIAUMIAU

El nombre de Geronimo Stilton y todos los personajes y detalles relacionados con él son *copyright*, marca registrada y licencia exclusiva de Edizioni Piemme S.p.A. Todos los derechos reservados. Se protegen los derechos morales del autor.

Textos de Geronimo Stilton
Ilustraciones de Larry Keys y Ratterto Rattonchi
Diseño gráfico de Merenguita Gingermouse
Cubierta de Larry Keys

Título original: *Il castello di Zampaciccia Zanzamiao*
Traducción de Manuel Manzano

Destino Infantil & Juvenil
destinojoven@edestino.es
www.destinojoven.com
Editado por Editorial Planeta

© 2000 - Edizioni Piemme S.p.A., Via Galeotto del Carretto 10 - 15033 Casale Monferrato (AL) – Italia
www.geronimostilton.com
© 2004 de la edición en lengua española: Editorial Planeta, S. A.
Avda. Diagonal, 662-664, 08034 Barcelona
Primera edición: octubre de 2004
Quinta impresión: abril de 2007
ISBN: 978-84-08-05283-8
Depósito legal: M. 14.682-2007
Fotocomposición: Víctor Igual, S. L.
Impresión y encuadernación: Brosmac, S. L.
Impreso en España - Printed in Spain

Stilton es el nombre de un famoso queso inglés. Es una marca registrada de la Asociación de Fabricantes de Queso Stilton. Para más información www.stiltoncheese.com

ERA UNA BRUMOSA NOCHE DE OCTUBRE...

Era una brumosa noche de octubre...

Ah, ¡cómo me habría gustado estar en mi casa!

Por el contrario, pobre de mí, me hallaba en medio de un **BOSQUE OSCURO**...

¿Queréis saber por qué? ¡Ahora os lo cuento!

Antes de nada voy a presentarme: mi nombre es Stilton, *Geronimo Stilton*. Dirijo el diario con mayor difusión de la Isla de los Ratones, *El Eco del Roedor*.

Había partido de Ratonia para visitar a mi tía

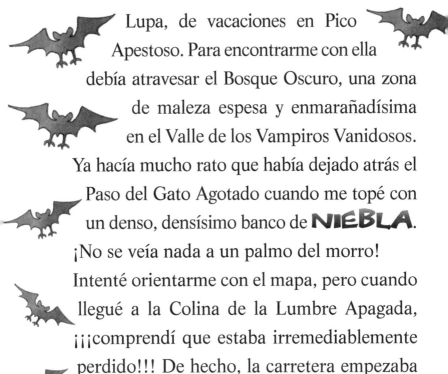

Lupa, de vacaciones en Pico Apestoso. Para encontrarme con ella debía atravesar el Bosque Oscuro, una zona de maleza espesa y enmarañadísima en el Valle de los Vampiros Vanidosos. Ya hacía mucho rato que había dejado atrás el Paso del Gato Agotado cuando me topé con un denso, densísimo banco de **NIEBLA**. ¡No se veía nada a un palmo del morro! Intenté orientarme con el mapa, pero cuando llegué a la Colina de la Lumbre Apagada, ¡¡¡comprendí que estaba irremediablemente perdido!!! De hecho, la carretera empezaba a estrecharse cada vez más hasta convertirse en un sendero de tierra.

Intenté telefonear a mi hermana Tea, pero el móvil parecía no funcionar.

Ah, ¡cómo me habría gustado estar en mi casa

Seguí avanzando durante media hora en medio de la niebla cada vez más espesa, hasta que me encontré ante un cruce de caminos. En la niebla, como por arte de magia, entreví un cartel negro:

Hacia el castillo
Miaumiau

Asombrado, lo comprobé en el mapa.

—¡Por mil quesos de bola! ¡Qué extraño! ¡Aquí no sale ningún **castillo**!

Doblé el mapa y me lo guardé en el bolsillo del abrigo.

Decidí dirigirme a la izquierda, hacia el castillo, para pedir información.

Pero, de repente, el cielo fue rasgado por un **RAYO** que cayó muy cerca, ¡cerquísima de mí! El rayo iluminó la silueta de un castillo en ruinas, con torres afiladas como cuchillos. En aquel instante, justo en aquel instante, ¡el coche se detuvo! ¡Nunca debe-

El rayo iluminó la silueta de un castillo en ruinas...

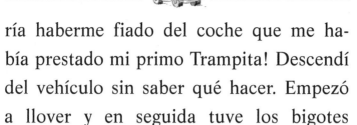

ría haberme fiado del coche que me había prestado mi primo Trampita! Descendí del vehículo sin saber qué hacer. Empezó a llover y en seguida tuve los bigotes CHORREANDO.

¡Y qué frío hacía!

Me sequé los bigotes, indeciso. Después me levanté el cuello del abrigo y emprendí la marcha a lo largo del sendero de piedra que llevaba al castillo.

Soplaba un viento gélido que elevaba en el aire las hojas secas del otoño...

El sendero estaba tapizado de ramas secas que crujían bajo mis patas. ¡Quién sabe cuánto tiempo hacía que nadie pasaba por allí! Quizá el castillo estaba deshabitado...

UN GATO RAMPANTE DE COLOR ROJO FUEGO

En torno al castillo se extendía un bosque enmarañado de ramas retorcidas. Las paredes estaban formadas por gruesas piedras **CUADRADAS** ennegrecidas por el tiempo; aquí y allí se abrían ventanucos protegidos por **GRUESOS** barrotes de hierro. ¡Los vidrios del castillo eran de color rojo sangre! En la almena más alta vi encenderse una luz, que en la oscuridad pareció el ojo refulgente de un monstruo nocturno.

Ah, ¡cómo me habría gustado estar en mi casa

Sobre el tejado ondeaba un estandarte con un *gato rampante de color rojo fuego*...

Se me erizó el pelaje de miedo.

Sobre el tejado ondeaba un estandarte...

Me di cuenta de que ante la puerta se erguían dos estatuas de felinos rampantes con las fauces abiertas. En una de ellas había un cartel con la leyenda:

Si a la puerta
queréis llamar...
¡en la boca
del gato
el dedo
tenéis que colar!

La observé con detenimiento y sí, ¡dentro de las fauces del gato había un interruptor amarillo! Con un escalofrío, metí el dedo en la boca de la estatua y pulsé el timbre.

¡¡¡Miauuuuu!!!

Un tremendo maullido me taladró los tímpanos.

Eché a correr, aterrorizado... y me escondí detrás de unas matas.

¿Dónde estaba el gato que había maullado? ¡Tenía que ser **enorme**!

Unos minutos después comprendí: ¡el maullido estaba grabado! ¡Era el sonido del timbre!

Me acerqué de nuevo a la puerta.

Ésta se abrió como por arte de magia.

Ejem, no tenía ningunas ganas, pero ningunas, de entrar...

En aquel preciso instante, un **RAYO** cayó a mi lado.

No osaba entrar, pero no podía quedarme fuera.

Hice acopio de toda mi valentía y empujé la puerta.

¡Qué miedo, qué terror, qué canguelo!...

Ah, ¡cómo me habría gustado estar en mi casc

¡YO LES TENGO CARIÑO A MIS BIGOTES!

Con los dientes castañeteándome de terror, me vi en una antecámara oscura y **TENEBROSA**. De repente un rayo cayó justo al lado del castillo, y su luz iluminó de rojo todas las ventanas, que relampaguearon en la oscu-

ridad como ojos de felinos hambrientos. Yo me sobresalté.

—¡Ahhh! ¡Qué miedo!

Me dispuse a recorrer el sombrío y estrecho pasillo que se abría frente a mí.

Me encontré frente a una puerta de doble batiente, la abrí y entré murmurando:

—¿Permiso? ¿Hay alguien ahí?

Ante mí se extendía un inmenso salón de paredes revestidas de madera tallada. Como el resto del castillo, el salón necesitaba una buena restauración. El revoque se caía a pedazos, los muebles antiguos estaban cubiertos de polvo y telarañas...

A pesar del deterioro provocado por el tiempo, el techo, del siglo XVIII, se mantenía espléndidamente pintado con frescos de escenas de felinos con armadura. ¡Me alegré de no haber vivido en aquella época! Para mi gusto, ¡había demasiados gatos por allí!

Me fijé en un tapiz que tenía bordada una leyenda:

Este castillo pertenece al noble linaje de los Marqueses de Miaumiau.

¿Miaumiau? Me recordaba algo... ¡Ah, ya! Justo en 1752 se libró la famosa batalla de Ratoleón, que puso fin a la Gran Guerra entre los Gatos y los Roedores. Como todo el mundo sabe, vencieron los Roedores, por eso ahora ya no había gatos en la isla...

Me acerqué a examinar la chimenea y advertí que tenía grabada una frase:

EL ROEDOR
QUE EN EL CASTILLO
HAYA ENTRADO,
PRONTO COMPRENDERÁ
QUE SE HA EQUIVOCADO,
HABRÁ COMETIDO
UN ENORME ERROR
Y LE CONVIENE
REZAR CON FERVOR...
¡¡¡MIAUUU!!!

Temblando, di un paso atrás... Así fui a topar contra la estantería que se encontraba justo detrás de mí. Un pesado volumen encuadernado en cuero me cayó sobre la pata derecha.

—¡¡¡Aaayyyy!!!

—¡¡¡Aaayyyy!!!—exclamé saltando sobre la pata sana.

Tropecé con la alfombra y así me precipité de cabeza en la chimenea repleta de cenizas.

Para intentar salir me agarré al borde de la chimenea con la pata derecha, pero arrastré un tapete sobre el que descansaba una enorme y **PESADA** fuente de plata que me cayó sobre la oreja izquierda.

Casi desfallecido... rodé fuera de la chimenea y a duras penas pude levantarme...

Pero, pobre de mí, ¡me apoyé por error en la armadura que es-taba al lado de la chimenea! La armadura se cayó al sue-lo. Una larga hacha afilada me rozó el mo-rro y casi me afeitó al cero los bigotes.

¡YO LES TENGO CARIÑO A MIS BIGOTES!

Me incorporé trastorna-
do, pero apenas estu-
ve de pie clavé la mi-
rada en el espejo que
había enfrente de la
chimenea.

EN LA PENUMBRA, VI UN HORRENDO FANTASMA DE MORRO GRIS...

¡¡¡Lancé un chillido de terror!!!

Después me fijé mejor y balbuceé:

—Pero... ejem, pero ¡si ése soy yo!

Pensé que era un bobo.

Ah, ¡cómo me habría gusta-do estar en mi casa!

HUESOS DE RATÓN
Y ESQUELETOS DE RATA

Salí del salón, recorrí el pasillo y descubrí una puerta de madera en la que estaba escrito:

COCINA

Entré. La cocina del castillo era inmensa.

El pavimento era de grandes losas de piedra. Las paredes estaban llenas de clavos de los que colgaban cacharros de cocina.

Platos, cubiertos, cacerolas, marmitas...

Abrí una puerta, bajé unos pocos escalones y me encontré en una habitación subterránea: la despensa.

Había pocas provisiones: algunos tarros con verduras en vinagre, unos míseros salchichones que pendían del techo... Pero me reanimé al reparar en un perfumado *queso curado*.

¡El castillo estaba habitado! Pero ¿por quién? Misterio...

Al fondo de aquella cocina había una gran chimenea, tan grande que se podía entrar en ella. En el interior del hogar apagado colgaba un caldero de cobre recubierto de hollín, en el que había grabado un gato RAMPANTE. Me acerqué y comprobé que dentro del polvoriento caldero había un objeto extraño, de color blanquecino... Acerqué el morro para ver mejor, pero de repente lancé un grito:

—¡Socorrooooo!

Era un **hueso**..., ¡un hueso de ratón! Miré a mi alrededor, aterrorizado.

¿Adónde había ido a parar? Decidí huir y abrí la primera puerta que me encontré de frente, pero en seguida comprendí que no era una puerta, sino un armario: y dentro había ¡el ESQUELETO DE UNA RATA!

Ah, ¡cómo me habría gustado estar en mi casa

... ¡comprendí que no era una puerta, sino un armario!

¡TE COMERÉ
CON PATATAS!

Estremeciéndome cerré de golpe el armario y me precipité fuera de la cocina.

Ya os habréis dado cuenta: no soy un ratón demasiado **VALIENTE**.

Me refugié en la biblioteca del castillo con el corazón en un puño.

Oí un extraño crujido, *creeeec...*

Provenía de un estante.

Rápidamente fui a ver qué era... ¡¡¡y me encontré de frente con el **FANTASMA** de un felino!!!

El fantasma avanzó arrastrando las cadenas, que resonaron lúgubres sobre el pavimento.

Oí cómo maullaba:

¡Miauuuuuuu!
¡Soy el fantasma de Zamparratas
y te comeré con patatas!
¡Despreciable roedor,
morirás de puro terror!
¡Te pisotearé como a una polilla,
y no quedará de ti ni una sola costilla!

Oí de nuevo el crujido: *CREEEEEEC...*
Y el fantasma desapareció como por
arte de magia.

Ah, ¡cómo me habría
gustado estar en
mi casa!

¡GERONIMO, ERES EL MISMO HISTÉRICO DE SIEMPRE!

Me precipité hacia la puerta de salida y corrí afuera gritando:

—¡SOCORROoooooo!

Chillé a pleno pulmón pero, pobre de mí, no había nadie que pudiese ayudarme.

Estaba solo, solo en el bosque...

Ah, ¡cómo me habría gustado estar en mi cas

En ese instante sonó mi teléfono.

Lo agarré con la pata **TEMBLOROSA** y grité:

—¡Aaaahhh! ¿Sí? ¿Quién es?

Mi hermana Tea, sin dar señal de sorpresa alguna, me preguntó:

—¿Geronimo? ¿Dónde estás? ¿Qué sucede?

Oí un chapoteo mientras Tea se movía en la bañera.

Yo grité:

—Pero ¡tengo miedo!

Entonces oí un ruido proveniente del salón y bajé la voz:

—¡Tengo miedo! Ejem, no te lo vas a creer pero, estooo..., ¡acabo de ver un fantasma!

Tea gritó:

—¡No te oigo! ¡Habla más alto!

Yo murmuré:

—¡Digo que he visto un fantasma!

Ella cambió el tono de voz inmediatamente:

ANTASMA? ¿Has dicho FANTASM

Yo susurré, exasperado:

—Sí, he dicho fantasma...

Ella continuó:

—Pero ¿un fantasma de verdad o una de esas tonterías para turistas?

Yo murmuré:

Yo balbuceé:

—El **hueso**, es decir, el **castillo**, ejem, la **cocina**, no, el **esqueleto**, bueno, la **armadura**, por culpa de la **niebla**, vaya, del **cartel**, pero he visto una luz en la **ventana**, no hay nadie, y entonces como el coche de Trampita se ha parado, ¡ahhh, tengo miedo, socorro, ven a salvarme!

Mi hermana (que se jacta de no perder nunca la 𝔰𝔞𝔫𝔤𝔯𝔢 𝔣𝔯í𝔞, ni siquiera en los momentos de emergencia) me ordenó:

—¡Geronimo! ¡Eres el mismo histérico de siempre! ¡Primero dime dónde estás!

Yo murmuré:

—Ejem, no lo sé, estoy en medio de un bosque, más allá del Paso del Gato Agotado, pero me he desviado de la carretera..., he entrado en un castillo y no hay nadie...

Tea me regañó:

—¡Cuánto cuento tienes! Si estás en un castillo, entonces busca una cama, cántate una nana y duérmete. Y mañana por la mañana, cuando se haya despejado la niebla, vuelve a la carretera principal... ¡Simple!, ¿no?

Yo tartamudeé:

—¡El coche no funciona! Y ¡no quiero dormir aquí! ¡El castillo está deshabitado! ¡Tengo miedo! ¡Aquí está **todo oscuro**!

Ella protestó:

—Oscuro, oscuro..., ¿y para qué quieres que haya luz si te vas a ir a dormir? Venga, no seas tan miedica. ¿Tienes algo para comer?

—Ejem, sí, hay **queso**...

—¿También hay queso? Pues come un poco, entonces. Ya verás como en seguida te sientes mejor con un poco de queso en el estómago. ¿Cómo es el queso, curado o fresco?

—Ejem, curado, creo —murmuré.

—¿Ves? ¡Queso curado! ¿Qué más q

un precioso cast

queso curado...

Yo chillé:

—Pero ¡hay un **hueso** de ratón cocina! ¡Y también un esqueleto de ra

Ella exclamó:

—Hueso..., esqueleto..., qué cuento ti será algún huesecito de pollo que ha do por ahí. ¡Venga, venga, que te co miedica! Ahora vete a dormir, que yo acabar de bañarme.

Yo balbuceé:

—El **hueso**, es decir, el **castillo**, ejem, la **cocina**, no, el **esqueleto**, bueno, la **armadura**, por culpa de la **niebla**, vaya, del **cartel**, pero he visto una luz en la **ventana**, no hay nadie, y entonces como el coche de Trampita se ha parado, ¡ahhh, tengo miedo, socorro, ven a salvarme!

Mi hermana (que se jacta de no perder nunca la sangre fría, ni siquiera en los momentos de emergencia) me ordenó:

—¡Geronimo! ¡Eres el mismo histérico de siempre! ¡Primero dime dónde estás!

Yo murmuré:

—Ejem, no lo sé, estoy en medio de un bosque, más allá del Paso del Gato Agotado, pero me he desviado de la carretera..., he entrado en un castillo y no hay nadie...

Tea me regañó:

—¡Cuánto cuento tienes! Si estás en un castillo, entonces busca una cama, cántate una nana y duérmete. Y mañana por la mañana, cuando se haya despejado la niebla, vuelve a la carretera principal... ¡Simple!, ¿no?

Yo tartamudeé:

—¡El coche no funciona! Y ¡no quiero dormir aquí! ¡El castillo está deshabitado! ¡Tengo miedo! ¡Aquí está **todo oscuro**!

Ella protestó:

—Oscuro, oscuro..., ¿y para qué quieres que haya luz si te vas a ir a dormir? Venga, no seas tan miedica. ¿Tienes algo para comer?

—Ejem, sí, hay queso...

—¿También hay queso? Pues come un poco, entonces. Ya verás como en seguida te sientes mejor con un poco de queso en el estómago. ¿Cómo es el queso, curado o fresco?

—Ejem, curado, creo —murmuré.

—¿Ves? ¡Queso curado! ¿Qué más quieres?

ln precioso castillo,

queso curado...

Yo chillé:

—Pero ¡hay un **hueso** de ratón en la cocina! ¡Y también un esqueleto de rata!

Ella exclamó:

—Hueso..., esqueleto..., qué cuento tienes..., será algún huesecito de pollo que ha quedado por ahí. ¡Venga, venga, que te conozco, miedica! Ahora vete a dormir, que yo quiero acabar de bañarme.

Oí un chapoteo mientras Tea se movía en la bañera.

Yo grité:

—Pero ¡tengo miedo!

Entonces oí un ruido proveniente del salón y bajé la voz:

—¡Tengo miedo! Ejem, no te lo vas a creer pero, estooo..., ¡acabo de ver un fantasma!

Tea gritó:

—¡No te oigo! ¡Habla más alto!

Yo murmuré:

—¡Digo que he visto un fantasma!

Ella cambió el tono de voz inmediatamente:

¿FANTASMA? ¿Has dicho FANTASM

Yo susurré, exasperado:

—Sí, he dicho fantasma...

Ella continuó:

—Pero ¿un fantasma de verdad o una de esas tonterías para turistas?

Yo murmuré:

LOS OJOS DEL GATO

Intenté volver a llamar a Tea, pero era imposible dar con ella.

¿Qué hacer?

Decidí seguir el consejo de mi hermana: irme a dormir.

Hice acopio de todo mi valor y subí lentamente los crujientes escalones que llevaban al piso superior.

Había encontrado una vela en la antecámara, la encendí y, a la trémula luz de la llama, ascendí el resto de los escalones...

Pasé al lado de una serie de grandes marcos dorados con los retratos de la familia Miaumiau.

... a la trémula luz de la llama,

ascendí el resto de los crujientes escalones...

Fue justo cuando pasaba por delante de Zampachicha Miaumiau cuando tuve la impresión de que alguien me estaba observando.

Un escalofrío me puso el **PELAJE** de gallina.

Me volví de inmediato: ¡nada!

Subí un poco más. Sin embargo...

Me volví de nuevo: ¡esta vez estaba seguro de que me espiaban!

Vi brillar los ojos del retrato de Zampachicha como si fueran de verdad.

Sí, ahora estaba seguro: ¡me seguían mientras subía la escalera! Me fijé bien en los ojos del retrato: ¡estaban agujereados!

¡¡¡Alguien me estaba observando!!!

Me lancé a través del oscuro corredor y abrí la primera puerta que encontré.

La cerré a mis espaldas, casi sin aliento.

La cerré a mis espaldas, casi sin aliento.

EL NOBLE LINAJE
DE LOS MIAUMIAU

¡Qué miedo, qué terror, qué canguelo!...

Miré a mi alrededor y, a la luz de la vela, observé la habitación en la que me hallaba. Estaba toda pintada de negro...

La estancia estaba llena de telarañas que parecían tener siglos de antigüedad. En el centro distinguí una enorme cama con dosel completamente cubierta de cortinas y paños negros agujereados por las polillas. Me fijé en que en la cabecera había un nombre grabado: *Zamparratas Miaumiau*. A la izquierda se encontraba un gran armario, y frente a la cama, una bacinilla de porcelana para lavarse con las iniciales *L*. *M*. También había una chimenea de mármol. Me percaté de que la habitación comunicaba con un laboratorio lleno de libros de **magia**. Cerré la puerta con llave y después apoyé la cómoda contra ella para mayor seguridad. Me tendí en la cama. ¿Podría pegar ojo esa noche? Para distraerme, cogí un libro al azar de la estantería y empecé a leer.

Se titulaba: **HISTORIA VERDADERA DEL ANTIGUO LINAJE DE LOS MARQUESES DE MIAUMIAU, O BIEN LOS SECRETOS DE UNA NOBLE FAMILIA FELINA EXPLICADA HASTA EL MÁS MÍNIMO, ESCANDALOSO E INDECOROSO DETALLE.** Hojeando el libro reconocí a los personajes cuyos retratos colgaban en la escalera.

¡Ayayay!

Empecé a leer, curioso...

MARQUÉS ZAMPABOLLOS
Fundador de la dinastía
de los Miaumiau

**MARQUESA MADRE
ZAMPACHICHA MIAUMIAU**
Célebre era su mantón de
pelajes de ratón almizclado
(que viste en el retrato). Tenía un carácter tremendo y
gobernaba a hijos, nietos y
bisnietos con pata dura.

MARQUÉS ZAMPARRATAS MIAUMIAU
Era manco. Combatió valerosamente en la batalla de Ratones y Felinos. De él se dice que era capaz de olfatear a un
roedor a un kilómetro de distancia y que llevaba colgado al
cuello un collar de uñas de ratón a modo de amuleto. Se-
gún la leyenda, fue experto en magia, y aún hoy su fantasma se pasea por el castillo de la familia...

MARQUÉS ZAMPATORTAS MIAUMIAU

Llamado «el Ahorrativo», era célebre por su tacañería. Restauró el castillo a costa de los parientes.

MARQUESITA ZAMPARROSA MIAUMIAU

Fascinante gatita, se casó con el barón Felinino, de quien tuvo tres hijos: Felineto, Felineta y Felinoto Miaumiau, con los que posó para el retrato.

MARQUÉS ZAMPAMOSCAS MIAUMIAU

Bisnieto de Zampachicha Zampamoscas, era célebre por su elegancia. Adoraba las apuestas y dilapidó la fortuna familiar.

VELOZ COMO UN RAYO

Apenas me había adormilado cuando oí un ruido proveniente del laboratorio de magia.

CREEEEC...

—¿Quién es? ¿Quién anda por ahí? —pregunté con el corazón en la garganta.

Como respuesta oí una pérfida risa felina.

—Miauuuu... —maulló alguien al otro lado.

¡El FANTASMA!

—¡Socorrooooooo! —chillé aterrorizado.

Veloz como un rayo, me levanté y abrí la puerta, me deslicé fuera de la habitación y corrí a lo largo del oscuro pasillo.

Con el corazón en la garganta, me precipité escaleras abajo hasta la antecámara.

De repente, un rayó cayó cerquísima del castillo. Los vidrios rojos se iluminaron en la oscuridad. Una silueta **OSCURA** apareció fuera y se recortó al contraluz frente a una ventana,

cerrándome el paso. Entonces me dio un pellizco en la cola y gritó: **¡Buh!**

Yo chillé:

—¡Socorrooooooooo!

¡Qué miedo, qué terror, qué canguelo!

ENTONCES, NATURALMENTE, ME DESMAYEEEEEEE

¡HAS PICADO, HAS PICADO!

Me desperté porque alguien estaba dándome bofetadas.

Murmuré:

—El... el FANTASMA..., el marqués Zamparratas...

Abrí los ojos y me encontré frente al morro de mi hermana Tea.

Ella exclamó con los bigotes que le temblaban de curiosidad:

—Entonces ¿lo has visto? ¿Eh? ¿Lo has visto? ¿Es de verdad?

Yo balbuceé:

—Sí, claro que lo he visto,

me ha dado un pellizco en la cola y también me ha dicho **¡Buh!**

Oí a alguien que se reía y me volví. Era mi primo Trampita, que se burlaba con desdén:

—Primo, pero ¿llevabas puestas las gafas? ¡He sido yo quien te ha pellizcado la cola, no el fantasma!

Me levanté furibundo e intenté atraparlo.

Él se fue dando saltitos, riéndose:

—Has picado, has picado, has picado...

Has picado, has picado, has picado...

¡EL ÚNICO MIEDICA ERES TÚ, GERONIMO!

En aquel instante alguien me agarró de la chaqueta. Me volví: era Benjamín, mi sobrinito *preferido*.

—¡Tío Geronimo! ¡Qué contento estoy de verte!

Yo reñí a mi hermana:

—¡No deberías haberlo traído, Benjamín es demasiado pequeño, podría asustarse!

Mi primo me guiñó un ojo:

—Qué va, no tiene miedo de nada. ¡El único **miedica** de la familia eres tú, Geronimo!

Mi hermana estaba furiosa.

—Entonces, Geronimo, ¿dónde está el fantasma? Mira que no tengo tiempo que perder, ¿sabes?

Yo protesté:

—¡Te juro que lo he visto con mis propios ojos! Después, de repente, ¡ha desaparecido!

Trampita se rió:

—¿Lo has visto con tus ojos... o con tus *cuatroojos*? ¿Llevabas las gafas puestas, Geronimo? ¿Eh, las llevabas? ¿Las llevabas o no? ¿Eh? ¡Confiesa!

Entonces, para hacerse el gracioso, mi primo me arreó otro pellizco en la cola.

Yo intenté atraparlo, pero él me hizo una **burla** y corrió hacia la biblioteca.

¡Lo he visto con mis propios ojos!

EL CLAVO MISTERIOSO

Decidimos explorar el interior del castillo.

—Humm, si de verdad hay un fantasma (como asegura Geronimo), entonces lo atraparemos... —dijo Tea.

Yo me apresuré a confirmarlo:

—Pues ¡claro que hay un fantasma! ¡Lo he visto perfectamente!

Tea preparó la cámara fotográfica y exclamó:

—¿Dónde está el ESQUELETO DE RATA del que me hablaste por teléfono? Quizá le haga alguna foto, sólo por curiosidad...

Yo los guié hacia la cocina y miré nerviosamente dentro de la marmita.

—El hueso de ratón estaba aquí...

Pero allí ya no había nada... ¡Qué extraño! Corrí hacia el armario y lo abrí.

¡El ESQUELETO había desaparecido!

Yo me quedé pasmado.

—Pero... pero... os garantizo que... lo he visto, lo he visto perfectamente..., estaba justo aquí...

Tea protestó:

—¡Uff, eres el Gerry de siempre!

Trampita se rió:

—Me apuesto la cola a que también has visto un trozo de queso volador..., a que lo has visto, ¿eh primo? ¿Alguna vez has visto un pedazo de queso volador? Y dime, ¿era queso con agujeros, queso de bola o quizá **roquefort**?  Me interesa mucho, ¿sabes?...

Estaba a punto de responderle alguna grosería, pero mi sobrino me tiró de la manga y me hizo un gesto sugiriéndome que no le hiciera caso.

Me señaló un clavo en la parte superior del armario.

—Humm, ¿has visto, tío Geronimo? Un clavo..., quizá ahí había algo colgado de verdad... hasta hace poco...

Entonces Benjamín, con aire misterioso, se puso a tomar notas en su cuaderno.

¡ERES UN TONTO SUPERTONTO!

Yo no estaba dispuesto a explorar el castillo.

—Ejem, id tirando vosotros..., ¡yo os espero aquí! —propuse.

Tea exclamó:

—¡Ah, no, demasiado cómodo, hermanito! ¿Primero me haces venir hasta aquí prometiéndome un esqueleto y un fantasma y luego te desentiendes de todo? ¡¡¡Quiero ver ese fantasma ahora mismo!!! ¡Quiero una exclusiva! ¿Entiendes?

Después empezó a dar órdenes:

—¡Yo reviso la cocina, Trampita el salón, Benjamín la armería y Geronimo la biblioteca!

Suspiré. Mientras los demás se alejaban, yo

me dirigí abatido, bueno, muy abatido, hacia la biblioteca.

Justo al volver la esquina me encontré de morros con un fantasma que agitaba su sábana gritando:

—¡Aaaaaaaaaaaaaaah! Soy el fantasma Quesillo..., ¡como te atrape me hago contigo un bocadillo!

—El fa... fa... fantasma... —tartamudeé con la cabeza dándome vueltas DEL SUSTO.

Entonces oí a alguien que se reía: era Trampita, que salió triunfante de debajo de la sábana.

—¡Has picado, has picado, has picado!... Has caído otra vez, ¿eh? ¡¡¡Si es que eres un tonto supertonto, Geronimo!!!

Con los bigotes que me temblaban de la rabia, corrí tras él para decirle cuatro, es más, ocho, o quizá dieciséis cositas, pero él se escapó de la biblioteca cerrando la puerta de golpe.

Yo decidí dejarlo estar.

Me dediqué a explorar la biblioteca del castillo: ¡cuántos libros! ¡Y qué interesantes!

Había muchos libros sobre la historia de los gatos.

¡Ah, me alegraba tanto de no haber vivido en los tiempos en que nuestra isla estaba aún dominada por los felinos!

Felino de la época romana

Felino bárbaro

Cogí otro volumen al azar: se titulaba... *Los secretos de la caza del ratón. Desde las más simples ratoneras hasta la guerra psicológica, todos los trucos y estrategias para atrapar roedores, que son listos, listísimos...*

Temblando, dejé el libro en su sitio.

Felino del Medioevo

Felino del siglo XVIII

Cogí otro volumen al azar...

Abrí otro. *Recetas rápidas y económicas para cocinar ratones.* Se me erizó el pelaje...

Brocheta de ratón agridulce

Sopa de médula de ratón

Ratón asado al romero con patatas

Ratón a la pimienta de cayena

Tarta suprema al chocolate con colitas de ratón confitadas

EL MISTERIO DEL FANTASMA DESAPARECIDO

En aquel instante oí un ruido tras la estantería de los libros de historia. Después un maullido:

—¡¡¡Miauuuuuuuuuuu

Sin ni siquiera levantar la cabeza, exclamé:

—¡Trampita, basta de bromas!

El maullido prosiguió:

—¡¡¡Miauuuuuu!!!

Yo refunfuñé:

—¡Basta de una vez! ¡Todo tiene un límite!

Oí un crujido: creeeec...

Alcé la cabeza murmurando:

—Trampita, no tienes ninguna gra...

Salté del sillón y exclamé:

—¡Socorrooooo! ¡¡¡El fantasma está aquí!!!

Lo miré con detenimiento: vestía una armadura de metal, tenía una cabeza de felino y era manco... Entonces ¡era el fantasma de Zamparratas!

Era completamente BLANCO, ¡de pies a cabeza! Yo también estaba blanco, pero ¡de miedo! ¡Estaba pálido como un queso fresco!

h, ¡cómo me habría gustado estar en mi casa!

De repente, el fantasma desapareció por detrás de la estantería de los libros de historia.

Oí el crujido de nuevo:

CREEEEC...

¡¡¡MIRA QUE TE ARRANCO LOS BIGOTES!!!

Corrí al pasillo gritando:

—¡¡¡Socoorroooo!!! ¡Hay un faan... fantasma!

Una pata se me posó en el hombro y exclamé:

—¡¡¡¡¡¡¡Aaaaaahhhh!!!!!!!

Era mi hermana Tea, que gritó, con los bigote vibrándole de excitación:

—¿Dónde está? ¿Lo has visto? ¿¿¿Eh???

Yo balbucí, trastornado:

—¡El fantasma!

Ella:

—Sí, pero ¿dónde?

Yo:

—Completamente BLANCO..., hasta los bigotes...

Ella:

—¿¿Dónde??

Yo:

—Manco...

Ella:

—¿¿¿Dóndeeee???

Yo:

—Con armadura...

Ella:

—¡¡¡Geronimooo!!! ¿¿¿Dónde lo has visto???

¡ÓNDe? ¿dÓNDe? ¿¿¿dÓNDe???

Yo me recuperé y murmuré:

—¿Que dónde lo he visto? Ejem, en la biblioteca..., tras la estantería de los libros de historia...

Ella empuñó la cámara fotográfica y salió corriendo. Yo la seguí, pero cuando llegamos a la biblioteca ¡¡¡¡no encontramos nada!!!

Tea estaba furibunda.

—¡Geronimo! ¡No me mientas!: ¿lo has visto realmente? ¿Era un fantasma de verdad?

Yo insistí:

—¡Claro que lo he visto! ¡Vaya si lo he visto!

Oí unas **riSitaS**. Era Trampita:

—¡Lo he visto, lo he visto, se dice rápido! Pero ¿cómo lo has visto, con las gafas puestas o sin ellas? Y, además, perdona si te lo pregunto, pero con gafas... ¿ves bien o no? Por ejemplo: ¿cuántos dedos hay aquí, eh, cuántos?

—¡Tres! —exclamé yo, exasperado—. Veo perfectamente, ¿sabes? ¡Con las gafas puestas veo tanto como tú!

—¡Bah! ¡Si tú lo dices!... —rió él—. Yo, sin embargo, no voy por ahí diciendo que veo FANTASMAS..., quizá has visto una sábana tendida secándose..., o tal vez un mantel..., o una toalla..., o quizá un pañuelito...

Tea, mientras, exclamaba enfurecida:

—¡Geronimoooo! ¡Si te atreves a gastarme otra bromita como ésta, te arranco los bigotes!

Yo protesté:

—Pero ¡si no estoy bromeando!

Benjamín me defendió:

—¡Si tío Geronimo dice que lo ha visto, es que lo ha **VISTO**!

Pero nadie le hizo caso.

Entonces Benjamín se puso a examinar el suelo de la biblioteca.

—¿Qué hay, Benja-mín? ¿Has encon-trado algo?

Él señaló unas mar-cas en el suelo de ma-

dera: eran **ARAÑAZOS**... ¿quizá señales dejadas por las cadenas del fantasma?

Observé que Benjamín tomaba apuntes en su cuaderno con aire misterioso.

AH, ESTOS RATONES INTELECTUALES...

Era noche cerrada. Yo quería irme a dormir (estaba exhausto) pero mi hermana Tea no me dejó.

—¡He venido a fotografiar un fantasma y lo fotografiaré! Y los fantasmas salen por las **NOCHES**, ¿sabes?

Trampita sonrió:

—Pero ¿qué quieres que sepa él de fantasmas...? Creo que ha comido demasiado queso, se ha adormilado, ha tenido **UNA PESADILLA** y ahora se imagina que ha visto un fantasma... Además, ya se sabe, los roedores intelectuales tienen tanta

(demasiada) imaginación que ven muchos (demasiados) fantasmas...

Protesté:

—Ya estoy harto. ¡Me voy a dormir, vosotros haced lo que queráis!

Me dirigí decidido hacia la habitación de Zamparratas, entré y cerré la puerta.

Justo cuando me acababa de tender en la cama, oí de nuevo el crujido, CREEEEC...

Y luego un maullido...

¡El fantasma blanco de Zamparratas salió de detrás de la estantería de libros!

Me hizo una mueca y desapareció de inmediato.

Yo chillé a pleno pulmón.

—¡Auxiliooooooooooooo!

¡Ah, icómo me habría gustado estar en mi casa!

Pocos segundos después Tea abrió la puerta.

—¿Dónde está? ¿Dónde está esta vez, eh?

Yo señalé la estantería de los libros, pero...

¡por mil quesos de bola! ¡El fantasma había desaparecido!

Ahora Tea estaba fuera de sí.

¡Basta ya, Geronimo, no me gusta que se burlen de mí!

Trampita se reía.

—Creo que el primo Geronimo, como todos los escritores, tiene tanta **faNTaSía** que es... ¡¡¡hasta demasiada!!!

Benjamín, por el contrario, señaló un rastro de polvo blanco en el suelo, al lado de la estantería. Lo probé con la punta de un dedo: ¡era *harina*!

Con aire misterioso, Benjamín volvió a tomar apuntes en su cuaderno.

LA MOMIA
DEL SARCÓFAGO

—¡Yo en esta habitación no vuelvo a dormir!
—decidí.

Cogí una almohada y una manta y me cambié
a la armería.

Allí me dormí profundamente.

Estaba roncando tranquilo cuando, de repente, oí de nuevo el crujido:

CREEEEC...

Me desperté justo a tiempo para
oír otro ruido, ahora amortigua-
do, como si algo blando se arrastra-
ra por el suelo. Encendí la vela que tenía a mi
lado.

—¿Benjamín? ¿Eres tú, Benjamín? —pregunté somnoliento. Pero nadie me respondió...

Levanté la vela para ver mejor.

Entorné los ojos.

—Pero eso..., eso es... ¡¡¡una **MOMIA**!!!

La momia avanzaba un paso tras otro. Detrás de ella había un sarcófago abierto.

—Auxilio... ¡Auxiliooooooo!

Ah, ¡cómo me habría gustado estar en mi casa

Chillé de nuevo a pleno pulmón.

Esta vez Tea llegó en seguida: comprendí que se había apostado en el pasillo.

—A ver, ¿qué pasa ahora? —preguntó mi hermana con suspicacia.

Esta vez yo estaba totalmente seguro de mí y anuncié con aire triunfante:

—Mira allí... ¿La ves?

Tea entrecerró los ojos y exclamó:

—¿el qué? ¿Qué tendría que estar viendo?

Yo me volví, estupefacto.

La momia avanzaba un paso tras otro...

—¡La momia! Allí, al fondo, donde están las **armaduras**.

Entonces comprendí que la momia y el sarcófago habían desaparecido. Corrí hacia la estantería: ¡nada!

—**Es imposible..., es completamente imposible...** —farfullé confuso.

Tea me tiró de una oreja.

—¡Geronimooooo! ¿Y bien? Primero dices que has visto un fantasma, ahora una momia... ¿A qué jugamos?

Benjamín examinó toda la habitación y me señaló un pequeño trozo de papel higiénico que había quedado atrapado en una esquina de la estantería. Después tomó notas en su cuaderno, con aire misterioso.

LA VERDADERA SEÑORA DEL CASTILLO

Cogí la manta y la almohada y, veloz como un rayo, me deslicé afuera.

¡Ah, icómo me habría gustado estar en mi casa!

Mientras me iba, oí a mi primo Trampita reírse:

—Conque una momia, ¿eh? La próxima vez quién sabe qué te inventarás, ¿eh, Geronimo? ¡Tienes mucha (**demasiada**) fantasía!

Se me rizaban los bigotes de rabia.

¿Cómo se atrevía a tratarme como a un alucinado? ¡Yo nunca miento!

¡Todos los que me conocen lo saben!

Soy un auténtico *gentilratón*...

Llevando en alto un candelero que me envolvía

en un tenebroso resplandor, recorrí el pasillo.
Me TEMBLABAN los bigotes de miedo...
Finalmente me metí en un dormitorio con
una cama tapizada de rositas amarillas. Era
al menos el doble de grande que los demás
dormitorios del castillo. La cama con dosel
era enorme y las cortinas también estaban
bordadas con rositas amarillas... Era preciosa, lástima que estuviese tan rota.

En el aire flotaba un ligero perfume de ro-
sas. Sobre la chimenea, un imponente retra-

to en un marco dorado: era la marquesa *Zampachicha Miaumiau*, que sonreía satisfecha, rodeada de hijos, nietos y bisnietos. Miré a mi alrededor: se comprendía en seguida que la habitación había pertenecido a la verdadera señora del castillo. Encima de la cómoda, totalmente roída por la carcoma, había un busto de mármol con la inscripción:

«LA MARQUESA MADRE».

En la mesilla de noche, otro busto, esta vez de bronce, y también una pequeña repro-  ducción en plata del castillo con la leyenda «Aquí mando yo (es decir, mamá)». En las pare- des, cartas escritas a la marquesa por los feli- nos más importantes de la época: duques, príncipes, reyes, emperadores...

Todas las cartas empezaban así:

«A la Excelentísima, Eminentísima, Tremendísima Marquesa Madre Zampachicha Miaumiau...».

Había muchos objetos antiguos curiosos, como una pequeña jaula de oro y esmalte con la inscripción: «A nuestra queri- da Mamá, de sus devotos hijos, nietos y bisnietos».

También vi una espléndida corona de oro

macizo, decorada con felinos rampantes, incrusta-
da de rubíes grandes
como la uña de un ratón.
¡Era la **corona** de la
marquesa!

Entre tanto objeto dedicado a la marquesa
descubrí además una pequeña, pequeñísima
MINIATURA, que representaba un felino delga-
dito, de expresión muy tímida.

Su nombre estaba escrito tan pequeño que
tuve que examinar la miniatura de cerca, a la
luz de la vela.

Leí en voz alta:

MI DIFUNTO MARIDO

MARQUÉS FELINO FELÍNEZ

(1720-1760)

Humm, la marquesa era viuda, de ahí que ella
fuera la verdadera y única señora del castillo

y de aquella inmensa y complicada familia...
Encontré asimismo un cojincito polvoriento,
bordado a un punto minúsculo, completamente decorado con rositas amarillas, en el
que se leía esta frase:

En el castillo manda mamá...
Andad bien tiesos
y nada de bromitas, si no,
¡os pisaré las colitas!

UN MISTERIO
EN EL ESPEJO

Coloqué la vela sobre la cómoda y me metí bajo la manta.

Cerré los ojos e intenté dormirme, pero un pensamiento continuaba en mi mente: ¡aquélla era la Noche de las Brujas! *¡Halloween!*

Me estremecí.

Pensé:

—¡Yo no creo en esas tontas supersticiones...!

Para infundirme valor, repetí en voz alta:

—¡Yo no creo en esas tontas supersticiones...!

Oí un crujido: CREEEEC...

Entonces, una voz maullante exclamó:

—¡¡¡Bravo, no crees en esas tontas supersticiones!!!

Ji ji ji... ji ji ji... ji ji ji... ji ji ji ji ji ji...

Se me erizó el pelaje del miedo.

—¿¿¿Qui... quién es??? —exclamé.

Ah, ¡cómo me habría gustado estar en mi cas

Una luz se encendió en la esquina más **OSCURA** de la habitación, justo donde se encontraba la estantería llena de libros.

Allí vi una figura femenina que llevaba un sombrero en forma de cono. Vestía unas faldas negras hasta el suelo, zapatones puntiagudos y unas medias a rayas blancas y rojas. Aferraba con fuerza una escoba. ¿Sería una escoba voladora?

El sombrero de ala ancha me impedía verla bien, pero intuí que tenía el morro felino, largo y picudo, con una verruga justo en la punta de la nariz, y su pelaje era completamente rojo y erizado.

—¿¿¿Qui... quién es??? —exclamé.

Observé mejor las garras que agarraban la escoba: las uñas eran larguísimas y estaban muy afiladas.

¡Brrrrrr!

¡¡¡Era una **bruja**!!!

El espejo que había cerca de mí reflejó su imagen con claridad.

La bruja se rió y canturreó:

—Ojo al mal de ojo, porque te puedo convertir en piojo...

Luego prosiguió:

—Bueno, bueno, bueno..., veo aquí a un ratoncito bien gordito... ¿Y si hago con él albondiguillas? ¿O una salsita para el asado? ¿O un buen caldito caliente, espeso y aromático? Podría utilizar su pellejo para hacerme unos manguitos, sus uñitas para hacerme un brazalete, sus dientecitos para hacerme un collar, sus blanditas orejitas para hacerme un sombrerito, sus bigotitos para hacerme un cepillito para las uñas...

Ji ji ji... ji ji ji... ji ji ji... ji ji ji ji ji...

Yo me metí rápidamente bajo la colcha y grité:

—¡Auxilioooo!

Treinta segundos después, Tea abría la puerta.

—¿Has visto un fantasma?

—¡No, no, he visto una **bruja**!

—No importa, para la exclusiva también me sirve una bruja. Pero ¿dónde está?

Temblando, señalé la esquina más oscura de la habitación, y mi hermana, que no tiene miedo de nada ni de nadie, se lanzó hacia allí armada con la cámara fotográfica.

—¿Dónde estás? Ven aquí, venga, que sólo quiero hacerte una foto... —exclamó apresurada.

Yo la observaba todavía bajo

las mantas, con los bigotes temblándome de miedo.

Tea miró por todos lados, pero de la bruja no quedaba ni la **SOMBRA**.

¡TE QUIERO MUCHO, TÍO GERONIMO!

Mi hermana Tea se acercó a la cama con expresión amenazadora.

—¡Geronimo! Dime, ¿cuánto queso has comido esta noche?

Yo farfullé:

—¡Poco, poquísimo te lo aseguro!

Trampita apareció en la puerta y dijo con una sonrisita:

—Pero ¿qué dice? En mi opinión se ha hartado de **gorgonzola** (que es especialmente indigesto), le ha sentado mal y ha soñado quién sabe qué:

fantasmas, momias, brujas, etcétera... eh, Geronimo es un ratón intelectual, y tiene tanta (demasiada) fantasía...

Yo protesté:

—Pero ¡si el gorgonzola ni siquiera lo he probado!

Él prosiguió, descarado:

—¡Vaya! ¡Aún peor! ¡Te has ido a la cama con el estómago vacío, y entonces has empezado a dar vueltas y más vueltas pensando y pensando, y como tienes tanta (demasiada) fantasía, éste es el resultado...

Benjamín observaba el suelo, la alfombra y la cómoda que se encontraba en la esquina más oscura de la habitación. Se acercó a mí y me murmuró:

—Dime, tío, ¿estás seguro de haber visto a la bruja reflejada en el espejo?

reflejada en el espejo

Yo chillé, exasperado:

—¡Sí, estoy seguro! ¡Se-gu-ro! ¡Segurísimo!

Al menos tú me crees, ¿no?

Benjamín me dio un besito en la punta de los bigotes.

—¡Pues claro que te creo, tío! ¡Yo siempre te creo! ¡Sé que nunca dices mentiras!

Lo abracé fuerte.

—Perdóname, *quesito mío*, sobrinito de mi corazón..., no puedo entender qué está pasando. ¡Te aseguro que no me he inventado nada!

Benjamín murmuró:

—¡YO TE CREO, TÍO, TE CREO!

Me fijé en que de nuevo tomaba notas en su cuaderno con aire misterioso.

Benjamín murmuró:
—¡Yo te creo, tío, te creo!

¡¡¡CHIQUITO PERO MATÓN!!!

Finalmente se fueron todos.

Yo me quedé en la habitación, reflexionando.

Me repetía:

—Debo calmarme, no hay nada de que preocuparse, todo es normal. **¡TODO ESTÁ BAJO CONTROL!**

Ah, ¡cómo me habría gustado estar en mi casa!

En aquel instante, por la ventana entró un extraño búho completamente gris, que se posó en el borde de la chimenea.

El búho abrió el pico y ululó:

—¡Eh, tú, caraqueso!

Yo me quedé con un palmo de morros.

El búho empezó a cantar:

—*De la bruja soy el servidor*
y le obedezco con candor,
soy un búho amaestrado
soy un búho maleducado!
Sé hablar, sé cantar,
las fórmulas mágicas recitar,
soy búho peleón
¡¡¡soy chiquito
pero matón!!!
¡¡¡Y si aquí me quedo
será para darte miedo!!!
¡Uh-uh! ¡Uh-uh! ¡Uh-uh!

Entonces se fue, entre un **torbellino** de plumas.

Mientras revoloteaba oí un extraño sonido mecánico: **tlac tlac tlac tlac tlac tlac** ...
Deseaba gritar para pedir ayuda, de hecho, ya había abierto la boca, pero después la cerré de golpe. No quería volver a oír que me lo

había inventado todo. Así que esperé a que se hubiera marchado el búho y me deslicé fuera de la cama.

Salí por la puerta y fui a buscar a Benjamín, el único que me creía.

¡Mi querido Benjamín!

EL MISTERIO DE LA PLUMA DE POLLO

Le conté a Benjamín todo lo que había pasado. Él me escuchó con paciencia, sin interrumpirme.

Entonces murmuró, abrazándome afectuoso.

—¡Te creo, tío!

Examinó con detenimiento la cornisa de la ventana y la chimenea.

Recogió una pluma que se encontraba sobre la alfombra, cerca de la chimenea, la observó con una lupa de **aumen**to y murmuró:

—Humm, una pluma blanca..., probablemente de pollo..., pero está **pintada de gris**..., interesante...

Preguntó:

—Tío, ¿me has dicho que has oído un extraño ruido mientras volaba?

¿Tlac-tlac?

Tlac-tlac?

¿Tlac-tlac?

A continuación estudió las intrincadas telarañas que poblaban la chimenea y murmuró:

—Tantas telarañas y ni una sola araña... Humm...

Advertí que tomaba notas en su cuaderno con aire misterioso.

UNA CAPA
DE SEDA ESCARLATA

Ya era por la mañana, pero yo tenía un sueño tremendo porque no había pegado ojo en toda la noche.

Así que decidí irme a dormir, aunque no en aquella habitación..., ¡brrrrrrr!

Subí una escalera que llevaba a la torre más alta. Abrí una puerta y me vi en una sala de paredes rojas.

El suelo era de madera, pero había sido barnizado de rojo.

También eran rojas las cortinas de terciopelo de las ventanas, roja la cubierta de bordado **antiguo** de la cama con dosel...

Me tiré en la cama. Estaba tan exhausto que cerré los ojos de inmediato para dormir.

Sin embargo, pocos minutos después oí un extraño zumbido.

Abrí los ojos y vi **SOMBRAS** danzando en el techo abovedado...

¡Eran sombras de murciélagos!

Ñ, ¡cómo me habría gustado estar en mi casa!

De repente, divisé una sombra más grande que las demás que se acercaba a la cama...

El zumbido continuó...

La sombra desplegó las alas y vi una figura envuelta en una capa de seda escarlata.

¡Era un gato vampiro! Me sonrió, y en su sonrisa descubrí ¡unos afilados colmillos!

¡UN VAMPIRO●●●●●●!

Desapareció en un instante. La puerta se abrió y entró Benjamín:

—¡Tío! ¡Tío Geronimo! ¿Qué ha pasado?

—¡He oído un zumbido y luego han aparecido en el techo unas sombras de murciélagos! Y entonces he visto un vampiro...

Benjamín estaba perplejo.

—Humm, ¿un zumbido? ¿Sombras en el techo?

Entonces miró por la ventana y murmuró:

—¡Un vampiro! Sin embargo, el sol ya está en el horizonte. Son casi las ocho de la mañana.

Recogió un cable del suelo.

—Humm..., mira, mira, un cable y una toma eléctrica...

Vi que Benjamín tomaba apuntes con aire misterioso en su cuaderno.

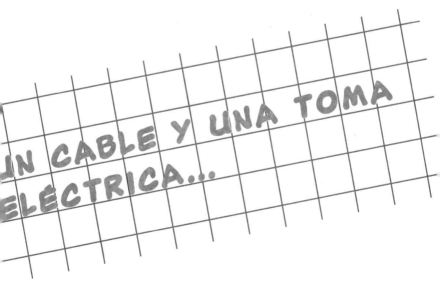

QUERIDOS AMIGOS ROEDORES..., ¿LO HABÉIS ENTENDIDO?

Todavía tenía sueño, sin embargo, ya había comprendido una cosa: ¡en ese castillo me sería imposible pegar ojo!

Con un **suspiro** me levanté definitivamente de la cama y bajé la escalera, seguido por Benjamín.

Justo a media escalera encontré un resguardo

caído en el suelo. Unas pocas letras estaban borradas. Lo recogí y lo examiné junto a Benjamín.

He aquí lo que decía:

Benjamín me miró a los ojos y me dijo:

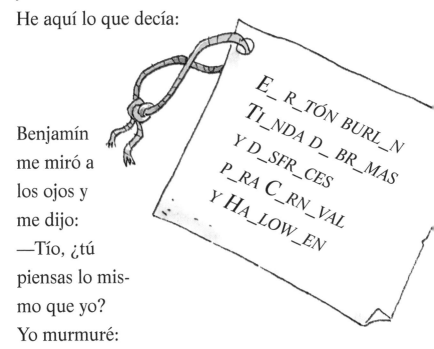

E_ R_TÓN BURL_N
TI_NDA D_ BR_MAS
Y D_SFR_CES
P_RA C_RN_VAL
Y HA_LOW_EN

—Tío, ¿tú piensas lo mismo que yo?

Yo murmuré:

—¡Sí, sí, sobrino! También yo tengo una **𝕾𝖔𝖘𝖕𝖊𝖈𝖍𝖆**…

Benjamín cogió el cuaderno donde había tomado todas sus notas y dijo:

—Pues empecemos desde el principio. Primero examinemos la planta del castillo Miaumiau. Se nota en seguida que los espíritus se han materializado sólo cerca de las estanterías de libros...

QUERIDOS AMIGOS ROEDORES, ¿TAMBIÉN VOSOTROS HABÉIS DESCUBIERTO LA VERDAD? RECORDAD LO QUE HABÉIS LEÍDO HASTA AHORA. ¡¡¡EN LAS PÁGINAS SUCESIVAS REVELAREMOS LA SOLUCIÓN DEL MISTERIO!!!

Planta del Castillo Miaumiau

1. *Estatuas de felinos rampantes*
2. *Vestíbulo*
3. *Salón de baile*
4. *Terraza*
5. *Torreón*
6. *Jardín*
7. *Huerto*
8. *Invernadero*
9. *Escalera*
10. *Cocina*
11. *Torreón*
12. *Biblioteca*
13. *Escalinata al piso superior*
14. *Armería*
15. *Habitación de Zamparratas Miaumiau*
16. *Habitación donde Zamparrata hacía experimentos mágicos*
17. *Habitación de la Marquesa Madre Zampachicha Miaumiau*
18. *Habitación de Zampamoscas Miaumiau*
19. *Habitación de Zamparrosa Miaumiau*

LA SOLUCIÓN
DEL MISTERIO

Avisamos a Tea y a Trampita.

Nos reunimos todos en la biblioteca.

Yo tomé la palabra rápidamente:

—Benjamín y yo hemos descubierto la solución a este **misterio**.

Entonces recapitulamos, partiendo del principio:

1 Yo descubro un esqueleto de rata colgado en el armario de la cocina. Cuando llega Tea, el esqueleto ha desaparecido, pero en el armario encontramos un clavo misterioso... **¡¡¡de donde probablemente pendía el esqueleto!!!**

2 Aparece el fantasma en la biblioteca por primera vez, de detrás de una estantería. Cuando el fantasma aparece y desaparece se oye un crujido: *creeeec*... **¡¡¡como si se abriese un pasadizo secreto!!!**

3 Subiendo la escalera me doy cuenta de que el cuadro de Zamparratas parece seguirme con la mirada. De hecho, el cuadro tiene dos agujeros en el lugar de los ojos: **¡¡¡alguien me está observando!!!**

4 El fantasma aparece de nuevo en el laboratorio de Zamparratas: **¡¡¡se manifiesta sólo cerca de las estanterías de libros porque ahí se esconden los pasadizos secretos que le per-**

miten aparecer y desaparecer como por arte de magia!!!

5 El fantasma aparece otra vez en la biblioteca. Benjamín se da cuenta de que hay huellas en el suelo de madera... **Pero si fuera un fantasma de verdad, ¡¡¡no dejaría huellas!**

6 El fantasma reaparece saliendo siempre de detrás de las estanterías de libros..., **pero ¡¡¡esta vez encontramos huellas de harina en el suelo!!!**

7 En la armería aparece la momia. Benjamín encuentra un trocito de papel higiénico atrapado en una esquina de la estantería. **¿Quién se ha envuelto en papel higiénico para parecer una momia?**

8 En la habitación de Zampachicha aparece la bruja. Pero atención..., **¡¡¡las brujas de verdad no se reflejan en los espejos!!!**

9 Aparece un búho mágico... pero ¿por qué se oye tlac-tlac cuando bate las alas? ¿Y por qué encontramos una pluma de pollo pintada de gris? **¡¡¡Porque en realidad se trata de un búho mecánico!!!**

10 Aparecen sombras de murciélagos, después un vampiro... Pero ¿por qué se oye un extraño zumbido? **¡¡¡Porque son imágenes proyectadas en la pared!!!** Por eso encontramos un cable en el suelo. Además, si fuese un vampiro, **¿¿¿por qué aparece después del amanecer???**

Por otro lado, el castillo está lleno de telarañas..., pero no hay una sola araña, ¡¡¡**porque son telarañas de mentira!!!**

11 Hemos encontrado un extraño resguardo en el suelo. Intentad completar las letras que faltan:

E_ R_TÓN BURL_N
TI_NDA D_ BR_MAS
Y D_SFR_CES
P_RA C_RN_VAL
Y HA_LOW_EN

EL RATÓN BURLÓN
TIENDA DE BROMAS
Y DISFRACES
PARA CARNAVAL
Y HALLOWEEN

¿Lo entendéis ahora? Alguien se ha abastecido de bromas y efectos especiales para hacernos creer que el castillo estaba habitado por fantasmas. ¡¡¡Sólo nos falta descubrir **quién** y **por qué**!!!

¿A QUÉ ESTAMOS JUGANDO?

Trampita gritó:

—¿Qué? ¿Qué? ¿Qué? ¿Quieres decir que alguien ha estado burlándose de nosotros hasta ahora? ¡Subraza de roedor, subproducto de rata de alcantarilla, subespecie de rata apestosa! ¡Si lo pillo le arranco los bigotes uno a uno, le muerdo la oreja, le hago un nudo en la cola!

Tea refunfuñó:

—No será tarea fácil pillar a ese granuja de roedor..., ¡desaparece siempre a la *velocidad de la luz*!

En aquel instante oí un ruido detrás de la estantería de los libros de historia.

—¡Esta vez no te me escapas! —exclamé lanzándome rápidamente contra la estantería.

Solté un chillido... pero, esta vez, de sorpresa, no de miedo.

De hecho, detrás de la estantería había alguien, pero ¡¡¡era un gato, no un ratón!!!

De hecho, era un gatito pequeño, pequeñísimo, poco más grande que Benjamín.

Trampita lo agarró por la cola y exclamó:

—Y bien, pillastre, ¿a qué estamos jugando, eh?

El gatito maulló asustado:

—Ejem, yo, en realidad...

ZAMPUCHO
Y ZAMPITA

El minino murmuró:

—Siento haberos asustado. Pero ¡me veo obligado a hacerlo! Hace tiempo que hago creer que el castillo está **encantado** porque así no se acerca nadie...

—¿Cómoooo? ¡Explícate mejor! —dijo Tea.

El gatito prosiguió:

—Me llamo Zampucho Miaumiau. Mi hermana Zampita y yo somos los únicos descendientes de la familia Miaumiau. Desde que nos quedamos solos hemos tenido dificultades: el castillo es enorme y necesita reformas. Deberíamos arreglar el techo, pintar las paredes, reparar las ventanas..., pero ¡no podemos permitírnoslo! Muchos nos han ofrecido comprarnos el castillo e incluso nos han amenazado, aprovechándose de que somos pequeños, pero ¡nosotros no queremos vender el castillo de la familia! Esperábamos que inventándonos esta historia de los **fantasmas** mantendríamos alejado a todo el mundo...

Yo me aclaré la voz:

—Antes de nada me presento: mi nombre es Stilton, *Geronimo Stilton*...

Entonces le puse una pata en el hombro:

—Zampucho, me has asustado de verdad, pero ahora entiendo por qué. Cuenta conmigo, ¡yo siempre defiendo a los pequeños que necesitan ayuda!

Tea sugirió a Zampucho:

—He tenido una idea: ¿por qué no transformamos el castillo en un museo-parque de atracciones? Será divertido para el público visitar el salón, la armería, admirar las pinturas, e incluso probar los escalofríos produci-

dos por un fantasma, una bruja, una momia, un vampiro...

El gatito estaba entusiasmado.

—¡Qué bien! ¡Sería fantástico!

Entonces se volvió hacia mí.

—Pero ¿tú me ayudarías? —me preguntó tímidamente.

Yo le acaricié las orejitas.

—Claro que te ayudaré. ¿Por qué no vas a buscar a tu hermanita?

Él empujó un libro de la estantería y, de repente...

... ¡LA LIBRERÍA GIRÓ SOBRE SÍ MISMA REVELANDO UN PASADIZO SECRETO!

—¿Ahora entiendes cómo conseguíamos aparecer y desaparecer en pocos segundos? ¡Gracias a los pasadizos secretos tras las estanterías! —explicó él, satisfecho.

Del pasadizo secreto salió una gaTiTa de pelaje de color miel que se parecía mucho a Zampucho.

—Buenos días, yo soy Zampita Miaumiau —maulló educada.

—¿ME ENSEÑAS TU CASTILLO? —le preguntó Benjamín.

—¡Será un placer! —respondió ella—. ¡Qué bonito es tener amigos! Sabes, estamos siempre tan solos en este castillo, Zampucho y yo...

Yo exclamé:

—¡Yo os ayudaré a resolver vuestros problemas! ¡Palabra de roedor!

Entonces sonreí a Zampucho:

—No te preocupes por que tú seas un gato y

yo un ratón..., ¿quién ha dicho que ratones y felinos no pueden ser amigos?

Vi que Benjamín y Zampita se iban a la cocina a merendar cogidos de la pata y charlando alegres.

¿Eh? ¿Quién ha dicho que ratones y felinos no pueden ser amigos? Qué bonito sería si en este mundo todos nos quisiéramos de verdad y fuésemos *amables* los unos con los otros. Sería un mundo ·maravilloso, un mundo más feliz... ¿quizá algún día? Después de todo, depende sólo de nosotros...

LA NOCHE DE HALLOWEEN, UN AÑO DESPUÉS

Ha pasado exactamente un año desde aquella mágica noche de Halloween, y desde entonces han sucedido tantas cosas...

El castillo Miaumiau ha sido completamente restaurado: cada día hay cola para visitar la preciosa galería de los antepasados, la espléndida armería, el inmenso salón de baile con los frescos de sus techos...

Pero sobre todo para asistir a los increíbles efectos especiales organizados por Zampucho: ¡¡¡el fantasma de Zamparratas Miaumiau, la Momia, la Bruja, el Vampiro!!!

Zampucho y Zampita Miaumiau son *felices*. Ah, a propósito, ¡se han convertido en los mejores amigos de Benjamín!

Como os iba diciendo, hoy es 31 de octubre. Ésta será la noche de *Halloween*, ¡la Noche de las Brujas!

Mi familia y yo vamos al castillo Miaumiau para pasar esta noche mágica. Justo en este instante Benjamín me está diciendo:

—¡Tío, ya verás cómo nos divertiremos! Zampucho ha preparado muchos efectos especiales nuevos: esqueletos fosforescentes, fantasmas sin cabeza, gatos licántropos...

Yo sonrío y hago como si nada, pero (a vosotros os lo puedo confesar) tengo un poco de canguelo.

No soy un ratón valiente...

Ah, ¡cómo me habría gustado estar en mi casa!

ÍNDICE

Geronimo Stilton

Marca en la casilla correspondiente los títulos que
tienes y los que te faltan para completar la colección.

SÍ NO

- ❑ ❑ 1. Mi nombre es Stilton, Geronimo Stilton
- ❑ ❑ 2. En busca de la maravilla perdida
- ❑ ❑ 3. El misterioso manuscrito de Nostrarratus
- ❑ ❑ 4. El castillo de Roca Tacaña
- ❑ ❑ 5. Un disparatado viaje a Ratikistán
- ❑ ❑ 6. La carrera más loca del mundo
- ❑ ❑ 7. La sonrisa de Mona Ratisa
- ❑ ❑ 8. El galeón de los gatos piratas
- ❑ ❑ 9. ¡Quita esas patas, caraqueso!
- ❑ ❑ 10. El misterio del tesoro desaparecido
- ❑ ❑ 11. Cuatro ratones en la Selva Negra
- ❑ ❑ 12. El fantasma del metro
- ❑ ❑ 13. El amor es como el queso
- ❑ ❑ 14. El castillo de Zampachicha Miaumiau
- ❑ ❑ 15. ¡Agarraos los bigotes... que llega Ratigoni!
- ❑ ❑ 16. Tras la pista del yeti
- ❑ ❑ 17. El misterio de la pirámide de queso
- ❑ ❑ 18. El secreto de la familia Tenebrax
- ❑ ❑ 19. ¿Querías vacaciones, Stilton?
- ❑ ❑ 20. Un ratón educado no se tira ratopedos

SÍ NO

- ❑ ❑ 21. ¿Quién ha raptado a Lánguida?
- ❑ ❑ 22. El extraño caso de la Rata Apestosa
- ❑ ❑ 23. ¡Tontorratón quien llegue el último!
- ❑ ❑ 24. ¡Qué vacaciones tan superratónicas!
- ❑ ❑ 25. Halloween... ¡qué miedo!

- ❑ ❑ En el Reino de la Fantasía
- ❑ ❑ El pequeño libro de la paz
- ❑ ❑ Un maravilloso mundo para Oliver

Próximamente

Viaje en el Tiempo

El Eco del Roedor

1. Entrada
2. Imprenta (aquí se imprimen los libros y los periódicos)
3. Administración
4. Redacción (aquí trabajan redactores, diseñadores gráficos, ilustradores)
5. Despacho de Geronimo Stilton
6. Helipuerto

Ratonia, la Ciudad de los Ratones

Estrecho de la Rata Ratada

Galeón de los Gatos Piratas

Isla Corsaria

Isla Tortuga

Atolón de las Islas Felices

Barrera Coralina

Por aquí, al océano Rático Meridional

Bahía de los Delfines

Cala del Gato Arrabalero

Aquí tiburones

Puertorratón

Puerto Crostón

Faro Casposo

Isla Despellejada

Pecio Aflorante

Por aquí, al mar de los Ratazos

Por aquí pasan las ballenas

Archipiélago la Rata Pestilente

Golfo del Diente Podrido

Puerto Fétido

Puerto Asco

Ratonkfurt

Por aquí, al mar de los Bigotes Vibrantes

RATONIA

ISLA DE LOS RATONES

La Isla de los Ratones

1. Gran Lago Helado
2. Pico del Pelaje Helado
3. Pico Vayapedazodeglaciar
4. Pico Quetepelasdefrío
5. Ratikistán
6. Transratonia
7. Pico Vampiro
8. Volcán Ratífero
9. Lago Sulfuroso
10. Paso del Gatocansado
11. Pico Apestoso
12. Bosque Oscuro
13. Valle de los Vampiros Vanidosos
14. Pico Escalofrioso
15. Paso de la Línea de Sombra

16. Roca Tacaña
17. Parque Nacional para la Defensa de la Naturaleza
18. Las Ratoneras Marinas
19. Bosque de los Fósiles
20. Lago Lago
21. Lago Lagolago
22. Lago Lagolagolago
23. Roca Tapioca
24. Castillo Miaumiau
25. Valle de las Secuoyas Gigantes
26. Fuente Fundida
27. Ciénagas sulfurosas
28. Géiser
29. Valle de los Ratones
30. Valle de las Ratas
31. Pantano de los Mosquitos
32. Roca Cabrales
33. Desierto del Ráthara
34. Oasis del Camello Baboso
35. Cumbre Cumbrosa
36. Jungla Negra
37. Río Mosquito

Queridos amigos roedores,
hasta el próximo libro.
Otro libro morrocotudo
palabra de Stilton, de...

Geronimo Stilton